D0944058

DAS CHRISTKIND AUS DEN GROSSEN WÄLDERN

EDZARD SCHAPER

DAS CHRISTKIND AUS DEN GROSSEN WÄLDERN

MIT ZEICHNUNGEN VON

RICHARD SEEWALD

ARTEMIS & WINKLER

FÜR ERNST UHLMANN,
DEN LIEBEN FREUND UND
BEHERZTEN SOLDATEN

DAS CHRISTKIND

AUS DEN GROSSEN WÄLDERN

EINE FERNPATROUILLE DER DRITTEN finnischen Jägerbrigade unter dem Befehl des Leutnants Heiskanen, die in den Vorweihnachtstagen des Jahres 1941 den Auftrag erhielt, aus den Wäldern um Kuolemaajärvi vorzustoßen und aufzuklären, ob der Feind sich in den gleich Inseln im Wäldermeer Ostkareliens verstreuten Einöddörfern festgesetzt und dort Anstalten zur Verteidigung getroffen habe, hatte auf diesem einsamen Erkundungsgang, bei dem die Teilnehmer durch die dünn besetzte russische Front stießen und mehr als fünf Tage lang ohne jedwede Verbindung mit ihrer Truppe waren, ein Erlebnis, das, als das Fest der Heiligen Drei Könige vorüber und schon ein eiskalter Januar angebrochen war, an diesem Frontabschnitt immer noch von Mann zu Mann besprochen wurde.

Die sieben Teilnehmer an der Patrouille hat-

ten sich am dritten Tage nach dem Aufbruch,
auf Schneeschuhen abseits der Straße, auf welcher der Vormarsch gegen Osten bis eben vor
sich gegangen war, bis in das tief verschneite
Gebiet um die Seenenge von Munasoo vorgearbeitet und hatten bislang keinerlei Anstalten des Feindes zu mehr als nur schwach
hinhaltender Verteidigung feststellen können.
Die Verwüstungen im Walde durch Baumsperren über der Straße hatte frisch gefallener
Neuschnee verhüllt, und die von der Straße
in die Gräben hinabgefahrenen, mit verschneitem Reisig getarnten Panzer machten auch
bei längerer Beobachtung den Eindruck, sie
seien ohne Bemannung und eher bei Mißgeschicken der Rückzugskolonnen im Graben
geendet, als vorsätzlich zur Deckung des Rückzugs und zur Verteidigung aufgefahren. In keinem der einsamen Gehöfte hatte die Patrouille
Menschen feststellen können, allerdings auch
nicht gewagt, den Augenschein näher als

durchs Fernglas vorzunehmen und sich – trotz
tarnendem Schneehemd – von der Flanke her
auf weniger als fünf-, sechshundert Meter an-

zuschleichen. In der ungeheuerlichen Stille,
die den fortwährend gespannten Ohren der sieben Männer allmählich zu tönen begann und
in der schon das leise Geräusch der Erleichterung, mit dem ein Zweig unter der abgleiten-
den Schneelast emporschnellte, wie das Getöse

einer Lawine anmutete, hatte die Patrouille
kurz vor Einbruch der Nacht das erste größere Dorf, Kangasjärvi, erreicht. Auch hier
verharrte die Patrouille geraume Zeit im Schutz
der Bäume und unterzog die Waldlichtung
mit dem darinliegenden Dorf, dessen graue
Häuser im eindunkelnden Abend wie eine kleine Herde aussahen, die sich zur Rast nieder-
gelegt hatte, einer argwöhnischen Beobachtung. Doch auch hier verging die Zeit, ohne
daß der Argwohn, das Dorf könne oder müsse
besetzt sein, auch nur die geringste Nahrung
erhalten hätte. Immerhin vertrat Leutnant
Heiskanen so lange die Ansicht, hinter dieser
völligen Stille und Ausgestoßenheit verber-
ge sich eine Finte des Gegners, die man nur
deshalb so schwer durchschauen könne, weil
die Russen statt rechtsherum linksherum
dächten, daß es schon dichte Dämmerung
war, als die Patrouille sich den Häusern mit
der Absicht näherte, im Dorfe selbst aufzu-

klären und womöglich einmal die Nacht
nicht unter freiem Himmel zu verbringen.

Weit auseinandergezogen, in äußerst vorsich-
tigem, zögerndem Anmarsch erreichten die
Männer schließlich den Ausgang des Dorfes
von hinten her und sammelten sich bei einer
Bodenwelle mit einer kleinen Scheune, die vor
Einsicht vom Dorfe her geschützt lag. Die Straße, die sie dabei zu überqueren gehabt hatten,
war allen sieben das schwerste Stück gewesen,
denn zu der Möglichkeit, daß sie vermint sein
konnte, war die Gefahr gekommen, hier am
ehesten entdeckt zu werden. Indessen gelang
der unbemerkte Anmarsch vollkommen, und
die sieben fanden sich im Schutze der Scheu-
nenwand unbeschadet zusammen.

Eine lange, zögernde, weiche Winterdämme-
rung, in der schon ein paar Sterne aufglom-
men, vereinigte Himmel und Erde für eine
Weile, ehe das strenge Dunkel hereinbrach.
Die anhaltende Stille aber war, nachdem die

Spannung gewichen war, so erregend, daß die
sieben trotz der Gefahr nicht ohne Befriedi-
gung laute Anzeichen von der Nähe des Feindes hingenommen hätten. Heiskanen schlug
vor, die Häuser näher in Augenschein zu nehmen, die Dämmerung begünstige das Anschleichen in lockeren Gruppen von je zweien
oder dreien, man müsse sich nur vor Minie-
rungen in der Nähe der Häuser und in den
Häusern selbst hüten. Daß ein Dorf in so be-
trächtlicher Entfernung von der Frontlinie jetzt
schon völlig geräumt und statt der Zivilbevölkerung nicht einmal von Truppen belegt war,
erschien allen unbegreiflich. Der Gegner mußte erwartet haben, daß der Vormarsch der Jä-
gerbrigaden nicht zum Stillstand kommen würde, und hatte wohl diese Dörfer übereilig geräumt, ohne von den mannigfaltigen Mög-
lichkeiten, sie zur Verteidigung zu benutzen,
Gebrauch zu machen. Vielleicht aber verbar-
gen sich auch ganz andere Absichten dahin-

ter, auf die nur sie, die rechtsherum dachten, nicht verfielen. Mißlich genug, war so viel Neuschnee gefallen, daß sie aus Straßenspuren auch nicht im geringsten mutmaßen konnten, wann dieses Dorf geräumt worden war.

Der Abendstern funkelte schon in einem tieferen Blau, als die sieben die Kapuzen fest ums Gesicht schlossen, die Maschinenpistolen vor die Brust schoben und in kleinen Gruppen aufbrachen. Der Korporal Jänttinen machte sich, wie immer, mit seinem Freunde Sanavuori auf, der aus demselben Städtchen wie er in der Landschaft Häme stammte. Nach kurzer Zeit, in der auch nicht das geringste Geräusch die noch Zurückgebliebenen davor gewarnt hatte, den Vorausgegangenen zu folgen, lag der Rastplatz hinter der Scheune leer. Alle sieben waren im Dorf, und der Zufall fügte es gleich zu Anfang so, daß sich der Gruppe Jänttinen und Sanavuori auch der Feldwebel Suukselainen anschloß, der eigentlich zur Gruppe Heiskanen gehörte. Spätestens nach Einbruch völliger Dunkelheit sollte man sich wieder bei der Scheune treffen. Heiskanen wollte nämlich statt eines Hauses im Dorfe die Scheune ein besseres Nachtquartier dünken, denn das Gelände in ihrer Umgebung begünstigte einen Rückzug unter Beschuß, falls man doch mit dem Feinde in Fühlung geraten sollte.

Bei der Erkundung im Dorfe bekamen die einzelnen Gruppen einander bisweilen zu Gesicht, freilich nur schemenhaft und für wenige Augenblicke; doch war das Erstaunen maßlos, als beim Sammeln später der Korporal Jänttinen in Gesellschaft von Sanavuori und Suukselainen mit einem unförmigen Bündel erschien, das er sich um den Hals geknüpft hatte und das – keiner wollte das so recht glauben und meinte, er müsse sich im Nachtdunkel getäuscht haben – ein lebendiges Kind enthielt!

Wie, um des Himmels willen, waren Jänttinen, Sanavuori und Suukselainen in diesem auch

bei genauem Zusehen völlig ausgestorbenen,
allerwege vom Tod der Verminung umlauer-
ten Dorf zu einem Kind, einem lebendigen
Kind gekommen? Jänttinen, ein sehr großer,
grobknochiger Mann, im Zivilberuf Maschi-
nenschlosser, saß mit dem Bündel auf den
Knien und der Maschinenpistole darüber verlegen da und lächelte. Er ließ Sanavuori er-
zählen, was sich zugetragen hatte. Ohne Sanavuori, meinte er einsilbig, wären sie auch alle
drei nicht zurückgekommen. Die Erzählung
Sanavuoris nun ließ den andern so heiß werden, daß sie die Kapuzen losknöpften und
atemlos lauschten.

Bei der Erkundung in etlichen Häusern am
Eingang des Dorfes, zu denen, wie sie bemerkt,
keine der andern beiden Gruppen hingegan-
gen sei, hätten sie aus einiger Entfernung etwas gehört, was sie zunächst für das Jammern
einer Katze gehalten, dann aber als das Schreien
eines Kindes erkannt hätten. Daß sie's über-

haupt gehört, hätten sie nur dem eigentümli-
chen Umstand zu verdanken gehabt, daß die
Tür eines Hauses weit offen gestanden hätte,
die der Kammern zu beiden Seiten der Vor-
stube aber geschlossen gewesen wären. Geraume Zeit hätten sie abwartend vor dem Hause
verbracht, bis ihnen zur Gewißheit geworden
sei, daß tatsächlich in einer der Kammern ein
Kind schrie. Und alle Vorsichtsmaßnahmen
zu beschreiben, unter denen sie sich schließlich Eintritt in das Haus verschafft hätten,
reiche die Zeit einfach nicht aus. Sanavuori
erwähnte nur, daß er auf Suukselainens Rat
den Hackklotz, der vor dem Hause gestanden,
mit einer Stange tiefer und tiefer in den Haus-
flur geschoben hätte, um sicherzugehen, daß
nicht der Fußboden vermint sei. Bei dem Ge-
rumpel in seiner Nähe aber habe das Kind nur
noch lauter zu schreien begonnen. Sie hätten
es heiß bekommen in dieser absonderlichen
Lage. Als sie zu guter Letzt sich bis ins Haus

selber vorgewagt – Suuksclainen habe die Wache am Eingang übernommen –, hätten sie dort die ganze Ärmlichkeit in wilder Unordnung, wie nach einem überstürzten Aufbruch der einstigen Bewohner, vorgefunden. Im Lichtkegel der Taschenlampe aber habe sich auch ein kleines Bett gezeigt, in welchem das Kind gelegen und laut geschrien habe. Das Haus sei völlig ausgekühlt gewesen, und nur viele Decken, unter die man den Kleinen gebettet, hätten ihn wohl vor dem Erfrieren bewahrt. Sie hätten diesen einzigen Bewohner des Dorfes zunächst einmal fassungslos angestarrt. Dann habe Jänttinen ihn aufnehmen wollen und in die Decke gegriffen…

Im selben Augenblick aber – er wisse nicht, wie er das erklären solle –, sei er, Sanavuori, hinzugestürzt und habe Jänttinen daran gehindert. Jänttinen habe nicht begriffen, warum, und ihm wehren wollen. Der Knabe, still geworden, habe ihnen derweil nur zugeschaut,

mit weit offenen Augen. Sie hätten die Dek-
ken vorsichtig abgehoben. Und da hätten sie
bemerkt, daß das Kind in seinem Bett festgebunden war... »Festgebunden?« wiederhol-
ten etliche ungläubig.

... Und Jänttinen habe schon die Stricke lösen
wollen, da sei er ihm abermals in den Arm gefallen, und dabei sei ihm die Taschenlampe
entglitten, und sie hätten ein paar Augenblik-
ke im Dunkeln dagestanden, und ihm habe
das Herz bis in den Hals hinauf geklopft – vor
Angst, Jänttinen könne im Dunkeln nach dem
Kinde greifen. Achtung, Mine! habe er sagen
wollen, aber diese beiden Worte einfach nicht
herausgebracht und, auf den Knien, mit aller
Angst im Leibe nur immer weiter im Dunkeln nach der Laterne getastet, die auf dem
Fußboden liegen mußte. Als er sie gefunden
habe, sei sie halb unter dem Bett gelegen, neben den Sprengsätzen, die er als etwas Kaltes
nur mit den Fingerspitzen berührt habe, un-

ter dem Bett, unter dem Kinde, das also auf Tod und Verderben festgebunden lag und mit jedem, der sich seiner erbarmen wollte, in die Luft fliegen mußte. Die Stricke, mit denen man es gefesselt, standen in Verbindung mit der Zündung. Zog man an ihnen, dann zog man auch die Zündung ab... Er könne gar nicht sagen, wie ihm in diesem Augenblicke zumute gewesen sei. Als es wieder hell geworden sei, habe er Jänttinen an den Knoten nesteln sehen, das habe er wohl schon im Dunkeln getrieben...

Jänttinen nickte.

...und habe nur noch stammeln können: Mine! Da habe Jänttinen die Knoten in Ruhe gelassen und ihn angestarrt. Er sei so erleichtert gewesen, daß er nichts mehr gesagt und ihn stumm beim Arm genommen habe. Wahrscheinlich habe er weg wollen, weg von dem Kinde, weg aus dem Haus – überhaupt weg von dieser teuflischen Falle. Jänttinen aber habe nicht weg wollen. Da sei er niedergekniet, habe ihm gewinkt, das gleiche zu tun, und habe ihm die Sprengsätze unter dem Bettchen gezeigt. Jänttinen habe nur lächelnd genickt. Als sie aufgestanden seien, habe er einen Augenblick vor dem Bett gestanden. Das Kind, das wohl etwas zu essen erwartet hatte und enttäuscht worden war, habe abermals angefangen zu wimmern. Und dann – das sei alles so schnell gegangen, daß er nicht habe begreifen können –, dann habe er mit einemmal gesehen, wie Jänttinen seine Laterne vom Riemen genommen, sie angeknipst, die Schlaufe mit den Zähnen gepackt und sein Messer gezogen habe. Er habe nicht gewußt, was er eigentlich vorhabe. Jänttinen habe das Kind betrachtet, als wolle er's schlachten – ja, genau so habe er ausgesehen, so finster und grimmig –, und dann habe er die Stricke vorsichtig durchgeschnitten, in der Rechten das Messer, mit der Linken zwischen das Kind und seine Fesseln greifend, so daß die gespannten Stricke sich nicht plötzlich unter dem Messerschnitt lockerten. Als er das Kind vorsichtig umgekehrt habe, um nachzusehen, ob es auch mit seinen Kleidern irgendwo festgebunden sei, hätten seine Hände gezittert, das habe er, Sanavuori, genau sehen können. Dann aber habe er den Knaben, der ein einziges feuchtes Paket gewesen sei, aus dem Bett gehoben und in die Decken gewickelt, die trocken gewesen seien. Und da seien sie nun, mit einem Kind als Beute...

Die anderen sechs betrachteten Jänttinen, der mit dem Bündel und der Maschinenpistole auf den Knien dasaß und verlegen lächelnd den Blick erwiderte.

»Was soll man machen?« murmelte er und zuckte die Achseln, als könne man eine so unverhoffte Gabe, wie hinderlich sie auch sei, nicht ausschlagen.

Die andern fragten, ob es ein Knabe sei.

Er nickte und sagte gutmütig mißbilligend, der Bursche müsse ein wahrer Brunnen gewesen sein, obschon er doch nichts zu essen und zu trinken bekommen habe.

Immerhin könne er nicht gar zu lange so gelegen haben, sonst wäre er nicht mehr am Leben, wandten etliche ein. Das Dorf sei wohl erst gestern geräumt worden. Noch eine Nacht ohne Nahrung in der Kälte des ungeheizten Hauses hätte das Kind aber schwerlich überstanden. Der Einfall, die rührende Unschuld und Hilflosigkeit eines Kindes zur Vernichtung eines Gegners zu mißbrauchen, war so ungeheuerlich, daß sie kein Wort darüber sagten. Was aber sollten sie jetzt mit dem Kinde anfangen? Milch hatten sie nicht, überhaupt nichts zu essen außer ihrem Trockenproviant, und mit einem Kinderwagen konnten sie auch nicht auf Patrouille gehen, ganz zu schweigen davon, daß ihre Ausrüstung keine Windeln enthielt und sie bestenfalls ein paar Verband-

päckchen opfern konnten. Heiskanen hatte
von hier aus den Rückmarsch antreten wollen,
aber er konnte sich nicht vorstellen, daß sie
dabei ihrer acht sein sollten. Was wurde aus
dem Kind, wenn sie Feuer erhielten und Hals
über Kopf zurück mußten!

Der Bedenken dagegen, das Kind mitzunehmen, waren viele, und doch sprach keiner sie
aus. Als Jänttinen in das etwas betretene Schweigen der Kameraden hinein ruhig und ohne
sonderlichen Nachdruck erklärte: »Ich nehme
es halt mit!« wurde kein Widerspruch laut,
nicht einmal Bedenken, obschon Heiskanen
da gerade einfiel, das Kind könne ja zu allem
hinzu auch noch durch Geschrei zur unrech-
ten Zeit eine wahre Hölle heraufbeschwören.
Er ließ sich von Sanavuori nur in seine Kar-
tenskizze das Haus einmerken, in dem sie das
Kind und die Minen unter seinem Bett gefunden hatten. Dann berichteten die andern
von ihren Entdeckungen.

Als sie nach etlichen Vorsichtsmaßnahmen die kleine Scheune bezogen, in der sich noch ein paar Hände voll Heu fanden, die ihnen das Lager weicher machen konnten, übernahm Jänttinen die erste Wache. Die Kameraden, die sofort einschliefen, gewahrten an diesem Abend noch nicht, was ihnen in den folgenden beiden Tagen zum gewohnten Anblick wurde, der für sie allmählich alles Lächerliche verlor: wie der bärtig verwilderte Jänttinen bedächtig ein Stück Trockenbrot aus seiner Tasche holte, es lange kaute und den dunklen, säuerlichen Speisebrei dann, tief über das Kind gebeugt, ihm mit den Fingern in den Mund tat. Er gab, was er hatte, das einzige, womit er das Kind am Leben zu erhalten hoffen konnte, und die absonderliche Form des Vorkauens und des »Kröpfens«, wie die Kameraden es später nannten, gab er an den folgenden Tagen nur insoweit auf, wie die andern ihm bedeuteten, er habe ja einen Löffel, mit dem er

dem Kind die vorgekaute Nahrung verabrei-
chen könne. An jenem ersten Abend erhielt
der Knabe noch eine pelikanische Mahlzeit,
die er im Schein der abgeblendeten Taschen-
laterne gierig verschlang. Dann weckte Jänttinen den Kameraden, der die folgende Wache übernehmen sollte, und legte sich, Kind
und Maschinenpistole an der Brust, zum Schlafen nieder. In der Morgenfrühe, vor dem Aufbruch, wurden seine Kameraden Zeugen der
zweiten Mahlzeit; auch wusch er dem Kinde
später mit einem Stück Verbandmull das Gesicht. Das alles, sagte er, sei ihm nichts Unge-
wohntes; er habe daheim selber zwei. Die Kameraden begannen, den Knaben Iwan zu nen-
nen und sich unter diesem Namen nach dem
Befinden des Kindes zu erkundigen. Jänttinen
streifte dann ein paarmal die Vermummung
zurück und ließ sie das Gesicht eines schlafenden Kindes mit dunklem Haar sehen, das wenig mehr als ein Jahr alt sein mochte und dem,

nach der Farbe seiner Wangen zu urteilen, nichts zu mangeln schien. Als die Patrouille aufbrach, hing Jänttinen sich das Kind in Decke und Zeltplan dicht vor die Brust, so daß das Bündel nicht gar zu wild schaukelte. Seine Hände hatte er frei. Er lief jetzt nur ein wenig gebeugter unter dem Gewicht der Last, die von den Achseln herab vor seiner Brust hing und noch mit Riemen an seinem Koppel befestigt war. Heiskanen und mancher von den andern betrachteten ihn zweiflerisch. Er wisse nicht, wie das gehen solle, äußerte der Leutnant. Ach, das gehe schon, erwiderte, den Rücken aufrichtend, Jänttinen seelenruhig. Die Last um den Hals aber ließ ihm die Adern auf der Stirn hoch anschwellen.

Sanavuori versprach, mit ihm abzuwechseln. – Hierlassen können habe man ja das Kind doch nicht, das wäre sein gewisser Tod gewesen.

Das wollte der Leutnant nicht bestreiten. Nur, meinte er, könne man keine Rücksicht neh-

men. Wenn Jänttinen mit dem Kinde nicht so
schnell sein könne wie die andern, wisse er
nicht, wie sie sich anders helfen wollten als dadurch, daß sie den Ballast doch über Bord war-
fen. Er wolle die Patrouille heil zurückbrin-
gen und keinen Mann aufs Spiel setzen.

Jänttinen tat so, als höre er das nicht. Als sie
den Rückmarsch antraten, war er es, der die
Geschwindigkeit steigerte. Wie eine Lokomo-
tive pflügte er sich vorwärts, den Kopf ge-
senkt, die Schultern mit der Zeit immer tiefer
vornübergebeugt, darauf bedacht, das Bündel vor seiner Brust nicht in gar zu heftige
Schwingungen geraten zu lassen. Als Sanavuori ihm nach ein paar Stunden anbot, das Kind
zu tragen, schüttelte er nur stumm den Kopf,
den die verdoppelte Anstrengung des Tragens
und des Laufens feuerrot gemacht hatte. Die
andern musterten Jänttinen stumm und verstohlen, wenn die Patrouille einmal den weit
auseinandergezogenen Gänsemarsch aufgab

und sich in einer Gruppe sammelte. Heiskanen verbesserte tagsüber mehrfach die Karten
mit der Lage der Hindernisse, die er auf dem
Anmarsch gezeichnet hatte. Wäre nicht das
vonnöten gewesen, niemand von den sieben
hätte glauben können, etwas anderes als einen
ungewöhnlich langen Ausflug mitzumachen.
Die Stille und das Ausbleiben jeglicher Be-
rührung mit dem Feinde, der diesen Frontabschnitt doch nicht unbemerkt und so gänz-
lich aufgegeben haben konnte, wie es den Anschein machte, wirkten am Ende unheimlich,
und mehr als einmal ging einem der sieben
der Gedanke durch den Kopf, sie liefen mit
jeder ungestörten Stunde nur immer tiefer –
wie Fische in eine Reuse – in eine Falle hinein, aus der es dann kein Entrinnen mehr gebe.
Nicht einmal das Kind ließ von sich hören.
Heiskanen äußerte einmal die Vermutung, daß
Jänttinen sich damit abplage, einen Toten
durch die Wälder und die Frontlinien zu tra-

gen; sein Erst- und Eingeborener [er hatte nach dem Winterkrieg geheiratet] hätte sich schon längst gemeldet, aber nachdem dieser Argwohn einmal ausgesprochen worden war und Jänttinen ohne viel Widerrede nur stumm die Decke von dem Gesicht des schlafenden Kindes zurückgeschlagen hatte, um die Ungläubigen mit dem Augenschein zu überzeugen, wurde derlei nie mehr geäußert. Eher neigte man insgeheim der Auffassung zu, Iwan mit seinem krebsroten Gesichtchen müsse krank geworden sein, doch sprachen gegen diese Vermutung der ruhige Atem und die zu Fäustchen geballten Hände neben den Schultern.

Jänttinen selber überzeugte sich, nachdem einmal ein Verdacht ausgesprochen war, von Zeit zu Zeit verstohlen, daß es mit dem Kinde zum Rechten stand. Bei der ersten Mittagsrast überraschte er die Kameraden durch sein Kröpfen und ging am Abend statt der Finger zum Löffel über.

Es konnte nicht ausbleiben, daß sich während der Mahlzeit alle um Jänttinen versammelten und zusahen. Ihm fehlte es dabei nicht an Ratschlägen, wie er dieses und jenes besser oder anders machen könne. Diejenigen unter den sieben, die selber Väter waren, streuten sparsam eigene Erfahrungen aus. Es wurde jedoch von allen als so etwas wie ein stillschweigendes Einverständnis mit der Anwesenheit des Kindes betrachtet, als der Leutnant an Jänttinen ein gut Teil seines Verbandpäckchens und eine Tube Wundsalbe verschenkte und ihm den Vorschlag machte, Iwan in Ermangelung von Wasser mit dieser Salbe zu reinigen. So habe er's seine Frau bei ihrem Sohn machen sehen. Jänttinen nahm die Gabe an, unterließ jedoch die Reinigung, die man, wie er sagte, verschieben müsse, bis man es in der Wärme tun könne. Der Schmutz schade dem Kind bestimmt weniger als Kälte.

In der Nacht, als die Patrouille unter ein paar

riesigen Tannen mit tief herabreichendem Ge-
äst ihr Lager aufgeschlagen hatte und alles bis
auf die Wache schlief, begann das Kind, das
an Jänttinens Brust lag, mit einemmal zu wimmern, und Jänttinen erwachte davon ... Und
da zum ersten Male hörte der wachende Kamerad, wie Jänttinen das weinende Kind in
seiner eigenen Sprache zu beschwichtigen versuchte und es dabei bald Juhani und bald in
allen möglichen Koseformen dieses Namens
Jussi, Juha, Jukka und Jukku nannte. Ob Jänttinen selbst bei diesen Beruhigungsversuchen
richtig wach war, wußte die Wache nicht,
denn der Pflegevater brauchte seinem Kind
nur ein paarmal gut zuzureden, da wurde es
still, niemand war von seinem Weinen aufge-
wacht, und kaum war das Kind eingeschla-
fen, da lag auch Jänttinen wieder ruhig at-
mend da und hielt das stille Bündel zwischen
seinen Armen.

Als die Patrouille, noch bevor es Tag gewor-

den war, von neuem aufbrach, bot jener, der
in der Nacht Zeuge der Beschwichtigung gewesen war, Jänttinen seine Hilfe an, er könne
Jussi gut eine Meile tragen [er sagte da schon
Jussi, ohne sich dabei etwas zu denken], doch
Jänttinen wehrte das freundlich ab. Ihm ma-
che es nichts aus, er habe sich schon daran ge-
wöhnt, und es sei auch besser, daß das Kind
bei ihm bleibe, falls sie doch unvermutet in
Schwierigkeiten kommen sollten.

Das war eine für Jänttinens sonstige Wort-
kargheit ungewöhnlich lange Erklärung.

Bei der nächsten Mahlzeit, die man hielt, legte Heiskanen Jänttinen mit einemmal ein paar
Stücke eines hellen, trockenen Gebäcks auf
den Mantel und meinte, als Jänttinen verdutzt
aufblickte, Weizenbrot werde Iwan besser zu-
träglich sein als das dunkle, gesäuerte Hart-
brot, worauf etliche jedoch bemerkten, Juhani sei bestimmt mit Rindenbrot aufgewach-
sen, so üppig habe das Dorf, dem Anschein
nach, nicht gelebt, und nachdem das Kind –
unerklärlich, wie – schon nach einem Tage, da
ein finnischer Soldat es durch die ostkareli-
schen Einödwälder getragen hatte, in die Fa-
milie des eigenen Volkes aufgenommen worden war und den finnischen Namen des Täu-
fers und Vorläufers erhalten hatte, sprach auch
der Leutnant fortan von Juhani oder Juha, und
der Tag ging nicht hin, ohne daß jeder sich
einmal erboten hatte, Jänttinen seine Last ab-
zunehmen.

Er schlug die Hilfe jedesmal aus, so als sei ihm

unumstößlich gewiß, daß nur er allein das
Kind durch die Wälder und die feindlichen
Fronten tragen dürfe. Die Vermutungen der
Kameraden, Iwan-Juhani brauche keineswegs
russischer Herkunft zu sein, die Bevölkerung
dieser Gebiete sei ja von finnischem Stamm,
soweit nicht für die ausgesiedelten und ver-
schickten Tausende finnischer Herkunft und
Sprache eine neue Bevölkerung aus dem In-
nern Rußlands angesiedelt worden war, hörte
er sich mit Gleichmut an. Sein Blick, mit dem
er den Kopf des Kindes vor sich betrachtete,
hatte nichts Forschendes, welcher Herkunft
Juhani wohl sei, und das Kind, das – wenn es
seine Augen geöffnet hatte – eigentlich nur
Jänttinen betrachtete und keinen der andern,
wie denen mit der Zeit auffiel, schien diesen
Pflegevater als seinen einzigen und wahren
Vater anzunehmen, als habe es vor ihm noch
keinen Menschen gesehen. Dagegen schien
Jänttinen nicht gern zuzuhören, wenn die an-

dern sich in Mutmaßungen ergingen, was für eine Mutter das gewesen sein müsse, die sich ihr Kind zu einem so ungeheuerlichen Anschlag habe nehmen lassen. Kam die Rede darauf, dann ging er aus der Gruppe davon. Er tat dies, auch wenn nicht darüber gesprochen wurde, um so häufiger, je näher sie den eigenen Linien gelangten, ohne ersichtlichen Grund. Es hatte beinahe den Anschein, als gehe auch ihm allmählich auf, daß es ein großes Wagnis sein werde, mit dieser Bürde eine Strecke zu durchqueren, in der es auf größte Schnelligkeit und Wendigkeit ankam.

Bei ihrer letzten Besprechung, in der Dämmerung des zweiten Rückmarschtages, saß Jänttinen in finsterem Schweigen da und ließ Heiskanen und den anderen fünf die Entscheidung. Heiskanen war der Meinung, allein aus der Tatsache, daß sie Jussi gefunden hätten, gehe hervor, daß der Feind ein schnelles Nachdrängen der finnischen Truppen erwartet habe. Seine Linien könnten also nur sehr locker und dünn mit vereinzelten Widerstandsnestern besetzt sein, ohne eine eigentliche, zusammenhängende Stellung. Überrascht vom Ausbleiben des finnischen Vorstoßes, würden die Russen wohl jetzt erst das Gelände durch Truppen besetzen, die sie aus ihren Auffangstellungen vorschicken könnten. Um dieser Maßnahme zuvorzukommen, sollte ihr Stab baldmöglichst im Besitz ihrer Aufklärungsergebnisse und der Kartenskizzen sein. Er wolle deshalb vorschlagen, daß sie weitermarschierten, dann könnten sie entweder im Schutze der Nacht oder spätestens in der Morgendämmerung nach verabredetem Signal in die eigenen Linien gelangen. Aus einem begreiflichen Heimweh nach den eigenen Quartieren waren alle dafür, den nächtlichen Gewaltmarsch auf sich zu nehmen. Selbst Jänttinen rang sich ein stummes Nicken seines bärtig-verwilderten Kopfes ab. Man aß ausgiebiger als sonst,

die Nähe des eigenen Lagers ersparte bedacht-
same Schonung der Vorräte, je weniger Gepäck man hatte, um so unbehinderter konnte
man ausschreiten, und selbst Jussi erhielt von
dem mit der Zeitvergessenheit eines Tieres
kauenden Jänttinen eine so reichliche Mahlzeit,
wie er sie vordem noch niemals genossen. Ein
paar derbe Bemerkungen, Jänttinen als einzi-
ger müsse im Gepäck mittragen, was an reich-
licher Verpflegung schon genossen worden sei,
den Jussi werde man mit der Spitzhacke aus
dem Bündel befreien müssen, ließ Jänttinen
in seiner Verfinsterung unbeachtet. Er duckte
sich, vornübergeneigt, wie ein Stier zum Angriff, als man die Stöcke einstemmte und mit
Heiskanen an der Spitze zum letzten Marsch
aufbrach.

Um diese Zeit war es bereits dunkel. Jedes
laute Wort verbot sich von selbst, und es gab
in der völligen Stille, die nur vom Schleifen
der sieben Schneeschuhpaare unterbrochen

wurde, Augenblicke genug, da jeder der sieben befürchtete, Jussi könne gerade für diese Stunde seine Stimme gespart haben – Augenblicke, da mancher sich fragte, wozu er, wenn das geschehen sollte, dann wohl fähig sein könne. Verfinsterten Sinnes fuhr der so Denkende in die immer tiefere Finsternis hinein.

Heiskanen, an der Spitze, legte häufiger einen kurzen Halt ein und ließ aufschließen, einmal um den Kompaß zu befragen, ein andermal um zu lauschen und Verhaltungsmaßregeln für einen Ernstfall auszugeben, oder auch nur um den heftig arbeitenden Lungen eine Weile Ruhe zu gewähren, bis der Schweiß anfing zu erkalten und ein Schauder über den Rücken zu neuem Aufbruch mahnte. Die Wachsamkeit war nun schon dermaßen gespannt, daß das geringste ungewohnte Geräusch alle sieben in Deckung gehen und die Hände vom Knauf der Stöcke an die Maschinenpistole fliegen ließ. Einmal trat ein unerwarteter Riß in der Kette

ein: Jänttinen, in der Mitte, war unvermittelt
stehengeblieben und flüsterte heiser in das Bündel hinein. Nur er hatte das ganz leise Wimmern daraus vernommen und war mit stok-
kendem Herzschlag stehengeblieben. Als die
Kette sich wieder zusammenfügte, war das
Schweigen in beiden Gliedern ein anderes als
zuvor. Viele Augen suchten Jänttinens Bürde
zu erkennen. Die Ohren unterschieden jetzt
schon in der Ferne das Geräusch fahrender
Transporte und hin und wieder einen Ab-
schuß. Die Patrouille stieß zögernder vor,
Heiskanen vervielfachte die Horchpausen und
spähte unablässig ins Gelände, um richtung-
weisende Merkmale ausmachen zu können.
Der Wald aber war so unwegsam und dicht
wie an allen vorangegangenen Tagen.

Mitternacht war längst vorüber, als ein Ge-
wehrschuß in der Nähe die sieben aus der Mo-
notonie des schleifenden Anmarsches weckte
und hinter die Bäumstämme bannte. Keiner

von ihnen wußte, ob der Schütze die eigenen
Linien hatte alarmieren wollen, oder ob sie,
ohne es zu wissen, schon so nahe an die Front
gekommen waren, daß dieser Schuß zu dem
planlosen Störungsfeuer gehörte, mit dem
nächtliche Posten sich zuweilen Mut zu machen und den Gegner zu überzeugen versu-
chen, daß man gegen alle Überraschungen auf
der Hut sei. Als nach diesem vereinzelten
Schuß lange Zeit nichts mehr zu hören war,
glaubte mancher schon, der Knall habe von
einem Baum hergerührt, den der starke Frost
gespalten hatte. Immerhin erlaubte das Bei-
spiel des Leutnants keinem auch nur die geringste Bewegung. Sie kauerten wie aus Erz
gegossen hinter den Stämmen und verwuch-
sen mit jeder Minute mehr mit der Reglosigkeit der froststarren Nacht. Heiskanen jedoch
schien ein weiteres Vordringen allzu gewagt.
Die Patrouille war wie blind, jeder Schritt
wäre nur ein Tasten gewesen, bei dem man

unvermutet auf ein feindliches Widerstands-
nest stoßen konnte. Keiner hatte, als dieser
vereinzelte Schuß abgefeuert worden war, das
Mündungsfeuer gesehen und sich danach eine
Vorstellung zu bilden vermocht, wo der
Schütze lag. Anderseits ließ die völlige Stille
hinterher die Vermutung zu, daß man ihr Nahen überhaupt nicht bemerkt hatte. Unter diesen Umständen hielt Heiskanen es für das ge-
ratene, die erste Morgendämmerung abzu-
warten. Er winkte seine Leute zu sich heran.
Geduckt, die Knie in einem beinahe spitzen
Winkel vorschiebend, glitten sie zu ihm und
sammelten sich um ihn. Er sagte, daß er bis
zum Morgen warten wolle. Einen Augenblick
herrschte Stille. Dann murmelte Jänttinen
keuchend, sie sollten lieber weiter.

Als er das sagte, klang es nicht wie ein Widerspruch, sondern wie ein eigentümlich dring-
licher Rat oder Vorschlag. Die sechs waren
verblüfft und schwiegen, als mit einemmal,

mitten in dieses Schweigen hinein, Sanavuori
ein kaum vernehmliches »Achtung!« zischelte.
Irgendwie teilte seine Haltung den andern das
Empfinden mit, sie müßten noch regloser werden. Und von irgend etwas, was sie selber nicht
sahen und was nur Sanavuori beobachtet hatte, in diese Reglosigkeit gebannt, in der sie
nichts als ihr Herz vernehmen konnten, gewahrten sie mit Entsetzen, wie das Bündel vor
Jänttinens Brust schaukelte und unter der Dek-
ke her ein winziges Keuchen vernehmbar ward,
das jeden Augenblick zum Weinen werden
konnte. Dann… sie bewegten wie mit der
Geschwindigkeit eines Sekundenzeigers den
Kopf in die Runde…, dann hörten sie halb-
laute Stimmen und Prasseln, mit dem firniger
Schnee unter Schritten zerbrach.

»Dreißig Meter, grad voraus!« flüsterte Sanavuori.

Alle – oder beinahe alle – hielten in der ange-
gebenen Richtung Ausschau; aller – oder bei-

nahe aller – Hände spannten sich um die Maschinenpistole. Nur einer griff statt zur Waffe
zum Bündel, das an seiner Brust hing, und
blickte statt nach vorn auf das Kind. In der
atemberaubenden Stille begann Jänttinen wie
in höchster Not zu flüstern, unsinnige Kose-
namen für Juhani, die alle mit der Bitte ende-
ten, still zu sein, ganz still.

Als die dunkle Gruppe, die Sanavuori als er-
ster bemerkt, im Gänsemarsch eine kleine
Waldlichtung vor ihnen überquert hatte, aus
der Sicht war und die Männer der Patrouille
wieder wagten, sich zu rühren, gewahrten sie,
wie Jänttinen statt der Maschinenpistole das
Kind in seinen Armen hielt und langsam hin
und her wiegte. Er flüsterte jetzt nicht mehr.
Als er die Blicke der sechs bemerkte, ließ er
das Bündel sinken und richtete sich auf. In diesem Verhalten lag etwas so Entschiedenes, zum
Aufbruch Mahnendes, daß alle es ihm nach-
taten und Heiskanen nicht einmal Einspruch

erhob, als Jänttinen, ohne ein Wort zu verlie-
ren, sich zum Anführer der Patrouille machte
und, sich links im Schatten zwischen den Bäumen haltend, auf eben jene kleine Lichtung
zustrebte, welche die dunkle Gruppe der Feinde soeben überquert hatte. Jänttinen ging tief
vornüber geneigt, mit weit ausholenden, rudernden Bewegungen der Arme, jedoch nicht
mehr ganz so schnell, und die hinter ihm Folgenden hatten das Gefühl, sie müßten für den
Gebeugten Ausschau halten. Als sie in einer
Höhe mit der Lichtung waren, blieb Jänttinen
stehen. Sie wußten nicht, ob seine Bürde ihn
beuge oder ob er die Spuren betrachte, die
hier zu erkennen waren. Dann aber schob er
seine Skier in der alten Richtung vorwärts,
auf ein Gehölz zu, das dunkler als alle andern
Dunkelheiten vor ihnen lag. Er trat jedoch
nicht in das nur mit Lärm zu betretende Dik-
kicht ein, sondern hielt sich am Rande, wo eine
schneisenähnliche Breite hangabwärts führte.

In dieser Breite drang er jedoch außerordentlich langsam, beinahe spürend vor und bog, je tiefer sie gelangten, immer weiter nach links ab, bis er mit einemmal – im selben Augenblick, da eine anfangs nur zu ahnende größere Helligkeit vor ihnen sich als freie Fläche erwies – wie angewurzelt stehenblieb. Und kaum hatte das Schleifen der Schneeschuhe und das Knistern, mit dem die Stöcke in den Schnee eintauchten und sich aus ihm hoben, aufgehört, da vernahmen alle von rechts her, wo das umgangene Dickicht an die offene Gemarkung grenzen mochte, ganz deutlich Stimmen. Sie priesen Jänttinens unerklärlichen Trieb, der sie nach links gedrängt hatte, sonst wären sie in das feindliche Nest hineingelaufen. Wie weit aber reichte das Schußfeld des Maschinengewehrpostens, der sich dort rechter Hand eingegraben hatte? Konnten sie's wagen, ihn zu umgehen und dann über das offene Feld zu schleichen? Oder sollten sie die-

sen Posten mit ein paar Handgranaten ausräu-
chern? Daß sie sich unbemerkt anschleichen
und die ganze Besatzung gefangennehmen
könnten, wollte keiner glauben. Und beim
geringsten Mißgeschick würde dann die ganze Nachbarschaft alarmiert.

Nicht Heiskanen war es, der die Entscheidung
traf. Abermals nahm Jänttinen sie ihm ab. Ohne
ein Wort zu sagen, brach der Korporal auf
und strebte durch den Wald von neuem hangaufwärts, dorthin, von wo sie gekommen waren. Bei der Lichtung angelangt, verweilte er
ein paar Augenblicke, glitt dann rasch über
die Schneisenbreite und umging das Dickicht,
eng an dessen Dunkel geschmiegt, ohne zu bedenken, daß gegen seine Finsternis die Schnee-
hemden der Patrouille doppelt abstechen mußten. Als sie in einem lichteren Walde wieder
abwärtsglitten, überließ er Heiskanen dadurch
die Führung, daß er sich nach einer Horch-
pause sehr langsam vorwärtsschob. Als sie am

Waldrand vor dem offenen Feld angelangt waren, schloß er als einer der letzten auf. Das
Bündel mit dem Kind in den Armen, betrachtete er die Aussicht, die ihm hier günstiger
schien als bei der ersten Stelle, denn die Tal-
senke mit einem schmalen Bach enthielt hier
reichlich lockeres Gebüsch, das ihnen bei der
Überquerung gute Deckung bieten konnte.
»Die Rakete!« murmelte er, bevor noch einer
von den andern ein Wort gesagt hatte.

Heiskanen schwieg. Nach einer Weile sagte
er, man könne auf den Morgennebel warten.
Bis dahin könne es nicht mehr lange dauern.

Jänttinen machte ihm, ohne daß er zu erklären vermocht hätte, wodurch, den Eindruck
einer ängstlich um ihr Kind besorgten Mutter. Die Klugheit, die er eben bei der Führung bewiesen, hatte für ihn nichts Soldati-
sches an sich gehabt.

Die Rakete müsse man jetzt schießen, beharr-
te Jänttinen, und zwar aus dem Dickicht dort…

Der Leutnant schwieg ob dieser Beharrlichkeit, aber da keiner von den andern Jänttinen
widersprach, ließ er von seinen Zweifeln ab.
Er lud die Signalpistole in ihrem Beisein mit
der verabredeten Rakete und entfernte sich.
Sie hörten, wie er in das Dickicht eindrang,
dann aber mochte er eine Gasse gefunden haben, die ihn völlig lautlos aufnahm, denn sie
vernahmen nichts mehr. Alle setzten sich in
den Schnee, ein jeder mit einem Stamm neben sich, und als nach einem kaum vernehm-
baren Puffen der Stern am grauenden Himmel erschien, betrachteten sie ihn mit geblen-
deten Augen, so lange waren sie das Dunkel gewohnt, und sahen ihn wie die schönste Hoff-
nung über der heimatlichen Talseite versprü-
hen. Der letzte Funken aber war noch nicht
erloschen, als zu ihrer Linken das Maschinengewehr zu hämmern begann und einen Fä-
cher von Leuchtspurgeschossen über der Tal-
breite aufschlug. Von der andern Seite blieb

das Feuer zu ihrer Erleichterung unbeantwortet.

Bei den ersten Schüssen waren sie aufgestanden, gerade als ob sie Heiskanen, der aus dem Dickicht auf sie zuglitt, stehend hätten erwarten wollen, in Wirklichkeit aber, weil sie festzustellen trachteten, wo sich das Maschinengewehrnest zur Linken befand und ob zur Rechten ein zweites, das sie noch nicht bemerkt hatten, einfallen würde. Doch in dem bei der frostklaren Nacht äußerst gellen Knall der Abschüsse erwachte das Kind, und Heiskanen empfing zu seinem Unmut das Wimmern an Jänttinens Brust. Solange die Schießerei währte, mochte Juhani das Weinen noch hingehen; was aber taten sie mit ihm, wenn es wieder still wurde? Diesen Augenblick schien Jänttinen selber zu fürchten, denn er entfernte sich eilig von der Gruppe nach rechts hin, wie um aus der Hörweite der Maschinengewehrbedienung zu kommen. Daß er dabei anderen

feindlichen Wachen entgegenging, schien ihm
nicht in den Sinn zu kommen. Heiskanen zisch-
te ihm nach, er solle zurückkommen und den
Balg zur Ruhe bringen. Jänttinen blieb in der
Tat stehen. Es war schon so hell, daß man un-
terscheiden konnte, wie sein hinabgebeugter
Kopf mit dem Bündel an seiner Brust ver-
schmolz. Im selben Augenblick verstummte
das Maschinengewehr zu ihrer Linken, der Posten schien das Nutzlose eingesehen zu haben,
und da nun wieder völlige Stille eintrat, hörten die sechs Jänttinens Gemurmel.

»Der Nebel ist schon da«, meinte Heiskanen,
den Blick auf die Talsohle geheftet, in der man
tatsächlich ein dünnes, graues Gespinst zu un-
terscheiden begann.

Sanavuori schlug vor, das Feld nicht im rechten Winkel, sondern nach zwei-, dreihundert
Metern weiter rechts in einem spitzen Winkel
zu überqueren. Jänttinen solle der zweite sein,
ihm sollten die anderen weit auseinandergezo-

gen folgen. Auf jeden Fall müsse man es sogleich wagen; der dünne Nebel gebe weniger Schutz als die Dunkelheit.

Auf diese Bemerkung schien Jänttinen in seiner Ungeduld gewartet zu haben, denn kaum hatte Sanavuori ausgeredet, da setzte er sich in Marsch. Er schob sich aber so langsam vorwärts, daß Heiskanen und Sanavuori sogleich neben ihm aufschließen konnten und, als die Enge der Zwischenräume zwischen dem Gezweig ein Nebeneinander unmöglich machte, sich an die Spitze setzten. So ging es stumm vorwärts, bis sie etwa dreihundert Meter zurückgelegt hatten, ohne auf Widerstand zu stoßen. Als Heiskanen, der die Spitze hielt, stehenblieb, schob Sanavuori sich an ihm vorbei, überflog ein paar Sekunden lang sichernd die freie Gemarkung und schoß dann, die Stökke weit vorgesetzt, tief gebeugt in die offene Fläche hinaus, auf der das nächste, tief im Schnee verwehte Gebüsch etwa sechzig Me-

ter entfernt den Lauf des Baches kennzeich-
nete. Die Zurückgebliebenen sahen, daß er of-
fensichtlich einer Stelle zustrebte, wo das
Buschwerk eine filigrandünne, zinngraue
Gardine bildete. In seiner Spur folgte einen
Augenblick später Jänttinen, und das Keuchen,
mit dem er sich abgestoßen hatte, hing noch
allen im Ohr, als seine geduckte Gestalt schon
in die Talsohle stob.

Im selben Augenblick aber durchzuckte den
Leutnant der Gedanke, daß er viel zu unauf-
merksam auf Sanavuoris Vorschlag, Jänttinen
solle das Feld als zweiter überqueren, einge-
gangen sei, denn wenn die Maschinengewehrbedienung vielleicht auch Sanavuori zu spät
entdeckte, konnte sie Jänttinen um so sicherer
unter Feuer nehmen. Außerdem war nach der
Rakete und dem Sperrfeuer hinterher vielleicht irgendwo weiter rechts noch ein leich-
tes Maschinengewehr in Stellung gebracht
worden.

Mit hämmerndem Herzschlag blickte er Jänttinens kaum erkennbarer Gestalt nach und bangte um jede ruhige Sekunde. Zugleich kochte in ihm ein Grimm ob Jänttinens aberwitzigem Einfall, dieses Kind mitzunehmen – ein Einfall, der jetzt die Patrouille vielleicht schwere Verluste kosten würde, denn ohne den wimmernden Balg hätten sie den Frontübertritt mit aller Ruhe und Sorgfalt vorbereiten können.

»Ist er durch? Ist er durch?« fragte er - ohne es zu wissen – die letzten vier, die bei ihm standen.

Er hörte nicht, was sie als Antwort flüsterten.

»Die nächsten! Los!« kommandierte Heiskanen. »Schnell!«

Er sah nicht einmal, wer es war, der aus der Gruppe vorschnellte und in den Spuren der Vorausgegangenen mit weit ausgreifenden Stöcken davonlief. Im Halbdunkel versuchte er zu erkennen, ob Jänttinen angelangt sei.

»Die scheinen zu schlafen!« flüsterte jemand, »wir können alle miteinander weg.«

»Der nächste!« flüsterte Heiskanen. Er sah nichts mehr. Seine Augen hatten sich an der Dunkelheit und dem bleichen Schneewiderschein blind gestarrt. Ein neuer Mann brach auf, dann noch einer, die Zwischenräume wurden immer geringer. Auf einmal stand er allein da. Es war immer noch still. So still und so kalt, daß er, als jetzt die Spannung überstanden schien, zu frösteln begann. Er blickte sich um. Mit einemmal schien ihm dieser Ort, an dem sie eben noch zu sieben gestanden hatten, gefährlich zu sein, das freie Feld eine Zuflucht. Er versuchte auszumachen, wo die anderen waren, sah aber nur die mittlerweile tief ausgefahrenen Spuren, die sich in einem Nichts verloren, einem Nichts, das bei den eigenen Linien lag – und mit einem Gefühl unsäglicher Erleichterung glitt er die ersten Meter auf das Feld hinaus. Kaum aber war er da in einer, wie ihm jetzt dünkte, beängstigend großen, nackten Helligkeit angelangt, da schlug ihn der Bann einer seltsamen Verhexung. Er war überzeugt, ebenso schnell wie die Vorausgefahrenen zu laufen, genau so schnell, wie er sonst lief, wenn er alle Kräfte einsetzte, und doch hatte er in einer qualvollen Gespaltenheit das Gefühl, er könne sich selber zusehen, wie er hier gleich einem Schwimmschüler an der Luftangel Arme und Beine bewegte und dennoch keinen Meter vorwärtskam. Keinen Meter, durch irgendeine Zauberei festgebannt, und mit wild rudernden Armen und auf dem Fleck vorwärts und rückwärts schiebenden Schneeschuhen eine Zielscheibe für die, die ja doch einmal aufwachen mußten, wenn nicht bei sechs Malen dann beim siebenten Mal. Der kalte Schweiß brach ihm aus. Er sah nichts mehr. Die große Helligkeit hatte ihn geblendet. Und seine uferlose Angst – er war davon überzeugt, bevor die erste Garbe von hinten

her durch die Dämmerung fegte –, seine To-
desangst machte die andern da hinter ihrem
Maschinengewehr lebendig!

Er ließ sich in die Spur fallen, als das Maschinengewehr hinter ihm zu mähen begann, und
lag einen Augenblick regungslos – nur mit
dem einen Trieb, unbeweglich zu sein. Als irgendwo vor ihm im verschleierten Dunst hel-
le Flämmchen aufsprühten und das Feuer des
Maschinengewehrs aus einem halben Dutzend
Maschinenpistolen erwidert wurde, begann er
weiterzukriechen. Dann hockte er sich hin
und stieß sich mit den Stöcken weiter. Er tat
das alles, ohne zu denken – nur mit einem Gefühl der Erleichterung, daß die andern für ihn
den Bann gelöst und das Feuer von ihm ab-
gelenkt hätten. Daß er jenseits des offenen Fel-
des war, merkte er erst, als er in ein Gestrüpp
hineinglitt. Im nächsten Augenblick – er lag
da völlig reglos und versuchte, herauszufin-
den, wo er sei – hörte er in der Nähe ein Kind

weinen. Da ergriff ihn von neuem ein seltsames Bangen. Die Einschläge lagen jetzt so viel näher als vorher. Die Maschinengewehrbedienung hatte ihn wohl aus der Sicht verloren und schoß sich jetzt auf dieses Gebüsch ein. Um Gottes willen! dachte er, wenn dem Kind etwas zustieß!

»Aufhören! Aufhören!« schrie er, so laut er konnte, wenn nur noch der Nachhall einer Geschoßserie ihm in den Ohren schwang. Dann leckte seine Zunge, ohne daß er's wußte, Schnee in die Brandglut, von der er ausgedörrt wurde, um gleich danach wieder das eine flehentliche Wort zu formen: »Aufhören!«

Als das Feuer auf beiden Seiten schwieg, lag er noch eine Weile reglos. Dann preßte er sich durch das lockere Gebüsch weiter. Die Zweige strichen ihm pfeifend um den Kopf. Schwäche überwältigte ihn. Er glaubte einen Augenblick, verwundet zu sein und das nicht anders als in einer uferlosen Kraftlosigkeit zu spüren,

in einem unbezähmbaren Bedürfnis, einzu-
schlafen, hier, mitten in der Nacht, im Schnee.
Daß er zu den sechs Vorangegangenen hin-
fand, war nicht allen sein Verdienst. Er begeg-
nete etlichen von ihnen, als sie ihn suchten und
er sich, tief hingekauert, immer weiter vor-
wärtsstieß. Aus der Talsohle stemmte er sich
in der Schere hangaufwärts.

Sie müßten sich beeilen, war das erste, was er
hörte, das Morgengrauen werde sonst zu hell.
Heiskanen sah wie ein Erwachender um sich.
Er gewahrte Jänttinen, der eine Weile halb
aufgerichtet dahockte, etwas kaute und dann
den struppigen Kopf tief über das Bündel
beugte. Heiskanen fiel auf, daß sein Tarnhemd über dem Rücken klaffte, wie mit einer
glühenden Schere geschlitzt und versengt.
Jänttinen habe einen Streifschuß abbekom-
men, der ihm nur das Tarnhemd geschlitzt
habe, erklärten die andern.
In einer lockeren Gruppe hockten sie jetzt zu

sieben versammelt. Keiner sagte ein Wort. Als
Jänttinen sein Bündel so geordnet hatte, daß
kein Spalt mehr klaffte, und die Schlaufe tiefer in den Nacken drückte, richteten die ersten
sich auf, Heiskanen hatte sich wieder gefaßt.

Es blieb ruhig. Gegen die Sicht von hinten her
durch die Gardine des Buschwerks geschützt,
erreichte die Patrouille nach weniger als dreihundert Metern die vorgeschobenen Posten
der eigenen Linien und schleuste sich in die
finnische Front ein. Und erst bei den scherz-
haften Bemerkungen unbekannter Kameraden, sie hätten sich wohl das vertraute heimat-
liche Weihnachtsstroh und den Festschinken
nicht entgehen lassen wollen und deshalb den
Übertritt selbst an dieser mißlichen Stelle lieber heute gewagt, als noch einen Tag länger
zu warten, kam ihnen wieder die Nähe des
hohen Festes zu Bewußtsein, und sie wurden
inne, daß Weihnachten war.

Auf diese Bemerkungen indessen gab der

Leutnant eine Antwort, die in ihrer kindlichen
Einfachheit, und so unerwartet sie kam, lange
Zeit unvergessen blieb. Nein, erklärte er in
seiner etwas nüchternen, phantasielosen Art,
sie seien nicht deshalb gekommen, sondern
»wegen dem Kind da«, und dabei zeigte er auf
den riesigen Korporal.

Ohne daß die sieben untereinander ein Wort
darüber gewechselt hätten, ganz wie nach einer heimlichen Übereinkunft, trennten sie sich
nicht von dem Kinde. Als sie beim ersten Bataillonsstab ihre Verpflegung empfingen und
in einem halbdunkeln Pappzelt um den damp-
fenden Kessel saßen, kam es ihnen schon sonderbar vor, daß die Kameraden so viel Auf-
hebens davon machten, als Jänttinen nach be-
endeter Mahlzeit das Bündel öffnete und Juhani bedächtig einen Brei aus geweichtem

Brot, Milch und Kaffee zum Munde führte –
stark gesüßt, wie er selber den Kaffee gern
trank. Sie wußten nicht, daß sie auf ihre Gast-
geber den Eindruck einer versprengten Fami-
lie machten und daß die geheimnisvolle Be-
ziehung, in der jeder von ihnen, tätig bemüht
oder auch nur müßig anschauend, zu dem
Kinde stand, ihnen allen sieben als etwas Un-
erklärliches anhing, als ein Hauch des Wun-

derbaren, des Friedens und der Wehmut. Juhani aber – noch nie in seinem kurzen Leben
hatte er so viele Taschenuhren gesehen, von
den vor ihm hockenden Soldaten zum Greifen nah schaukelnd vor seinem staunenden
Blick bewegt, blitzende, blinkernde oder
stählern-stumpfe Uhren, von denen alle seine
Anbeter nichts lieber wollten, als daß er nach
ihnen greife. Jänttinen saß während dieser
Spiele stumm in würdigem Stolz da und stellte
ihnen seinen Juhani dar, wie ein leiblicher Vater es nicht inniger vermocht hätte. Auf die
Fragen, was sie denn nun mit dem Kinde anfangen, ob sie's gar zum Soldatenbuben er-
ziehen wollten, wie es deren in den Feldzügen
Fähnrich Stahls genug gegeben hatte, schwiegen sie oder gaben ausweichende Antworten,
sie wißten's noch nicht. Der Aufenthalt hier
war überdies so kurz, daß man keine Zeit fand,
die Frage näher zu erörtern oder eine von den
Lottas aus den rückwärtigen Stützpunkten

zur Pflegemutter für das Kind zu bestellen.
Mit einem Lastwagen, der ins rückwärtige
Frontgebiet fahren sollte, hatten die sieben
eine Gelegenheit, bis dicht zum Brigadestab
ihres eigenen Verbandes und dem Ausgangs-
punkt ihrer Patrouille zu gelangen. Sie blieben
in diesem Abschnitt aber eine sonderbar an-
heimelnde Erinnerung, die für alle Zeit mit
dem Weihnachtstag und seinem wunderbaren
Kinde zusammenhing.

Wie die auf sieben vermehrten Heiligen Drei
Könige wurden sie dann, als Jänttinen das Kind
enthüllt hatte, bei den Ihren empfangen, und
obschon sie, die an dieser Patrouille teilgenom-
men hatten, aus zwei oder drei verschiedenen
Kompanien ausgewählt worden waren, ver-
brachten sie den Rest des Tages und den Heiligen Abend nicht in der alten Gemeinschaft
ihrer verschiedenen Kompanien und Züge,
sondern in der neuen Gemeinschaft der Patrouille, die – unausgesprochen – die Gemein-

schaft um das Kind war. Juhani schlief in einer
Plane in einem geheizten Zelt, und Jänttinen,
der über seinen Frieden wachte, bevor er selber einschlief, gab dieser frei im Raum schwe-
benden Wiege von Zeit zu Zeit einen Stoß,
der sie ins Schwingen brachte.

Heiskanen war schon längst aus dem Stab zurück, wo er Meldung erstattet hatte; den Teil-
nehmern an der Patrouille waren zwei Ruhetage zugesprochen worden, sie hatten eine
Weile geschlafen, waren in der Badstube gewesen, wo Jänttinen, als sie unter sich waren,
auch das Kind der ersten großen Reinigung
unterzogen hatte – es dunkelte allmählich in
den lautlosen Wäldern, und der Heilige Abend
brach an. Jeder der sieben ging zu seiner Truppe, empfing dort Post und Essen; alle nahmen,
in den drei Kompanien vereint, an dem Ap-
pell und dem Feldgottesdienst teil, der um der
Kälte willen nur Minuten währte, und alle
strebten dann zu dem Zelt zurück, in dem der

kleine Juhani alleingeblieben war. Die Mü-
digkeit aus fünf Tagen hing ihnen nach, der
Abend machte einen jeden nachdenklicher als
sonst, sie lasen ihre Briefe und tauschten ein
paar Leckereien, die ihnen die Post vom selber
darbenden Zuhaus gebracht hatte: es herrschte
eine Stimmung wie bei allen Weihnachten an
der Front, doch konnte es wie eine wohltätige
Befreiung von den eigenen Gedanken und
Kümmernissen scheinen, daß alles, was sie an
diesem Abend miteinander sprachen, der Zu-
kunft des Kindes galt. Sie kamen auf den Rat
Heiskanens überein, daß man es durch das
nächstgelegene Lotta-Kommando oder einen
Trupp jener Frauen, welche die Soldatenheime im rückwärtigen Frontgebiet betreuten,
in ein Heim für elternlose Kinder oder ein Lager der Zivilbevölkerung, die man in diesen
Gebieten noch angetroffen und dann in großen Lagern versammelt hatte, schicken müsse.
Jänttinen nahm an den Beratungen, was das

69

beste sei, kaum teil. Doch als man so weit gekommen war, daß man es den Lottas überlas-
sen wollte, das Rechte zu wählen, sie von hier
aus könnten das kaum entscheiden, gab er mit
der eigensinnigen Beharrlichkeit, die man an
ihm kannte, zu erkennen, daß er das Kind kei-
nesfalls einfach ins Ungewisse zu geben ge-
willt sei, er wolle genauen Bescheid, wie man
mit ihm verfahre, wohin es komme und wer
für sein Fortkommen sorgen würde.

Daraus entstand bei allen der Plan, so etwas
wie eine Patenschaft an Juhani zu übernehmen, ihn wirklich nach Christenbrauch Juhani taufen zu lassen und für seinen Unterhalt
etwas auszuwerfen. Damit war auch Jänttinen
zufriedengestellt. Sie machten sich, alle sieben, schon am folgenden Tag, der für sie ja
ein Urlaubstag war, in die Etappe auf, um Juhani den Lottas zu übergeben. Und waren die
Lottas der Feldküche höchlichst überrascht von
dem Ansinnen der sieben und verwiesen sie

an eine andere Gruppe, die im nahen Stab vornehmlich beim Telephon beschäftigt war, so bedurfte es auch dort noch vieler Gespräche zu noch weiter im Hinterland stationierten Einheiten, Feldlazaretten und Amtsstellen der mit der Fürsorge für die Zivilbevölkerung betrauten Ämter – Gespräche, die an diesem Feiertag nur schwer Teilnehmer fanden –, bis Jänttinen, der schon geschworen hatte, er nehme das Kind einfach wieder mit, soweit zufriedengestellt war von den Auskünften und Versprechungen, daß er das Bündel einer älteren Lotta überließ, die ihm, wie um ihn zu trösten, anvertraute, Juhani sei bei ihr in gewohnten Händen, sie habe selbst drei Kinder geboren und erzogen, soviel wie er verstehe sie auch. Und doch stand Jänttinen in erschütternder Zaghaftigkeit da, als er das Bündel aus seinen Händen ließ. Er ließ die Arme hängen, als seien sie fortan zu nichts mehr nütze, betrachtete schweigend seinen Juhani in den Armen der Fremden, drehte sich dann auf dem Fleck um und ging.

Er wartete draußen vor dem Haus, als die andern nachkamen. Als Heiskanen ihm Namen und Anschriften von Personen und die Bezeichnung des Heims vorlas, in das Juhani vermutlich gebracht werden würde [er hatte sich alles in sein Taschenbuch geschrieben], sagte er kein Wort. Auf dem ganzen Heimweg trottete er finster schweigend vor ihnen her, und nur einmal, als ein feindlicher Jäger gar zu niedrig über der Straße patrouillierte und sie in Deckung unter den Bäumen gehen mußten, blieb er in ihrer Gesellschaft.

Sie sahen ihm diese störrische Unkameradschaftlichkeit nach, milder gestimmt gegen ihn als alle andern der Leutnant, und nicht nur weil der glückliche Ausgang des Abenteuers mit dem Kinde seine Abneigung gegen diesen, wie er damals gemeint hatte, wahnwitzigen Ballast beschämte, sondern weil er wußte,

daß seit den späten Abendstunden des vergangenen Tages im Bataillonsstab ein Telegramm lag, das Jänttinen mit sofortigem Urlaub für zwei Wochen in die Heimat rief. Der
Bataillonsadjutant hatte nicht einmal ihm,
Heiskanen, sagen wollen, um was es sich bei
diesem Abruf handelte. Es müsse sich da, hatte
er ausweichend erklärt, wohl um Familien-
angelegenheiten handeln, die im Zusammenhang mit Luftangriffen gegen Städte und Dörfer in der Heimat ständen. Man dürfe nicht
vergessen, daß das Leben nicht nur in der vor-
dersten Linie gefährlich sei. Das Telegramm sei
gekommen, während Jänttinen auf Patrouille
gewesen war, den Heiligen Abend aber habe
man ihm gestern nach der Rückkehr nicht
zerstören wollen und deshalb beschlossen, bis
heute zu warten. Auch seien, wie ihm, Heiskanen, wohl aufgefallen sei, am Heiligen Abend
keine Zeitungen ausgeteilt worden. Das habe
man bis auf morgen verschoben. Die Brief-

post sei von älterem Datum als die Zeitungen,
die nur ein paar Tage brauchten, um nach
vorn zu gelangen. Mit der frischen Erinnerung an dieses Gespräch betrachtete Heiskanen den schweigsamen Jänttinen und schlug
immer neue Abstecher von dem Weg ins Front-
quartier vor, um den Augenblick, da Jänttinen zum Kompaniestab gerufen wurde, hin-
auszuschieben. Insgeheim fragte er sich, ob
nicht auch schon für ihn solch ein Telegramm
angekommen sei, und erst als ihm dieser Gedanke aufgetaucht war und keine Ruhe mehr
gab, beharrlich weiterbohrte und ihm einen
Schrecken einflößte, so heiß, als habe er das
Telegramm schon gelesen – da schlug er ungesäumt den Rückweg ein, immer rascher, je
näher sie dem verödeten Zeltquartier kamen.
Schon in einiger Entfernung sah er das be-
schriebene Blatt Papier, das jemand in ihrer
Abwesenheit vorsorglich am Eingang ange-
bracht hatte. Er wußte, was darauf stand, und

eilte nicht mehr, ließ den andern wie von ungefähr den Vortritt und betrachtete Jänttinens
Rücken, als der Riese da vor dem Papier stand
und mit lautlos mitsprechenden Lippen las:
»Korporal Jänttinen sofort zum Kompaniestab kommen!«

Er ging abseits, wie um auf der anderen Seite
des Zeltes etwas nachzusehen, als er gewahrte, wie Jänttinen starr dastand und sich dann
zögernd, mit ein paar Schritten, die noch rich-
tungslos waren, anschickte, dem Befehl nach-
zukommen. Er war im ersten Augenblick ent-
schlossen, wegzugehen und so lange auszu-
bleiben, bis Jänttinen aufgebrochen war. Dann
aber schämte er sich, und kaum hatte er bemerkt, wie Jänttinen – nun in schlecht ver-
hehlter Eile – zum Stab ging, da kehrte er ins
Zelt zurück. Denen, die drinnen waren – es
waren alle fünf – erzählte er kurz, was er gewußt habe und daß Jänttinen schwerlich aus
einem freudigen Anlaß zum Kompaniestab

befohlen worden sei und dort Heimaturlaub
erhalte. So kam es, daß, als Jänttinens holpri-
ge, halb springende Schritte von draußen her
vernehmbar wurden, das dämmrige Zelt mit
seinen Bewohnern ihn mit betretenem Schweigen empfing.

Jänttinen selber aber schien das nicht einmal
zu bemerken. Die Nachricht, die er empfangen, hatte ihn dermaßen verstört gemacht,
daß er seiner Umgebung keinerlei Beachtung
schenkte. Er sagte in abgerissenen Sätzen, daß
er gleich aufbrechen und nach Hause fahren
müsse, und schien gar nicht zu vermissen, daß
sich bei dieser Nachricht nicht die freudige
Aufregung einstellte, die sonst jeden Urlauber
umgab und eine Sturzflut von Anliegen an
ihn, was alles er mitbesorgen könne, im Ge-
folge hatte. Er kramte ein paar Sachen zusammen und stürzte mit einem zerstreuten
Gruß in sein altes, richtiges Quartier, wo er
seine übrigen Habseligkeiten verwahrte. Der

Abschied war dermaßen ungewöhnlich, daß sie alle aufstanden, vors Zelt hinausgingen und ihm wortlos nachblickten, aber da war er schon zwischen den Bäumen verschwunden.

Er kehrte auch gar nicht noch einmal in ihr Zelt zurück. Als sie später bei seiner Kompanie nach ihm forschten, hörten sie, daß er Urlaubsschein und Marschbefehl gleich beim Kompaniestab mitbekommen habe, nicht bis zum Abend auf eine Fahrgelegenheit habe warten wollen, sondern ungesäumt aufgebrochen sei. Er habe kaum etwas gesprochen. Mit aufgerissenen Augen, die Stirn von Schweißtropfen besät, habe er seinen Rucksack gepackt und sei beinahe grußlos auf Schneeschuhen losgefahren.

Diese Auskünfte verschlugen ihnen das Gespräch. Der ruhige Nachmittag dieses ersten Feiertages kroch in qualvoller Lautlosigkeit dahin. Sie schliefen viel. Am Abend, mit dem Postempfang, kamen zum erstenmal Zeitun-

gen – Zeitungen, die auch Jänttinen überall,
wo er jetzt auch sein mochte, in die Hände geraten konnten und in denen seine ganze Fa-
milie in der amtlichen Bekanntgabe über die
Opfer unter der Zivilbevölkerung, die ein
feindlicher Angriff gegen die kleine Stadt L.
gekostet habe, aufgeführt stand. Ein Volltref-
fer hatte das Vorstadthäuschen zerstört. Alles
übrige erfuhren sie erst später.

Sie befanden sich da schon längst nicht mehr
in den Stellungen, in denen sie Weihnachten
gefeiert hatten, denn noch am St.-Stephans-
Tag war der unterbrochene Vormarsch wieder
aufgenommen und unter Beachtung der Mel-
dungen, welche die Fernpatrouille heimge-
bracht, mit flankierender Umgehung der Hindernisse, welche den finnischen Vormarsch auf
der Straße zu verzögern beabsichtigten, bis
über das Dorf Kangasjärvi hinaus vorgetra-
gen worden. Die wenigen Häuser dieses Dorfes, die stehengeblieben waren und die zu ent-

minen eine Arbeit gekostet hatte, bei der es nicht ohne Opfer abgegangen war, beherbergten jetzt einen Bataillonsstab und ein Feldlazarett. Zu diesen wenigen Häusern gehörte auch das, in dem Jänttinen, Sanavuori und Suukselainen das Kind entdeckt hatten. Von den sieben war gerade Suukselainen dicht hinter Kangasjärvi verwundet worden und hatte als Verwundeter die Bekanntschaft mit dem Hause flüchtig erneuert, bevor er in ein Etappenlazarett verbracht worden war. Doch auch dieses Etappenlazarett lag in einer Gegend, zu der die sieben von früher her eine, wenn auch äußerlich lockere, Verbindung unterhielten, denn in seiner Nachbarschaft lag mit einem Lager für die einheimische Bevölkerung, die durch Kriegshandlungen obdachlos geworden war, jenes Heim, in dem man elternlose Kinder jeglichen Alters untergebracht hatte, und in dieses Heim hatte man auch Juhani aus Kangasjärvi gebracht.

In den Tagen seiner Genesung verschaffte Suukselainen sich dort Zutritt und feierte Wiedersehen mit dem Kinde. Er hörte dort aber auch von den Pflegerinnen, daß inzwischen einer seiner Kameraden dagewesen sei, Juhani Kangasjärvi [so wurde das Kind nun in amtlichen Listen geführt] besucht und darauf bestanden habe, ihn an Sohnes Statt anzunehmen, und aus zwei Briefen, die er von den an der Front verbliebenen Kameraden erhielt, und aus den Erzählungen der Pflegerinnen konnte er sich ein Bild machen, was alles sich zugetragen hatte seit jenem von tödlichem Schweigen geschlagenen Tage, an dem ihr Kamerad Jänttinen sie verlassen hatte.

Jänttinen erfuhr von dem Unglück, das sein Haus geschlagen hatte, schon aus den ersten, rasch zerlesenen, fettfleckigen Zeitungen, die ihm während eines Wartehaltes in Frontnähe in einer Soldatenkantine in die Hände gerieten.

DAS CHRISTKIND

Er saß zwischen andern an dem mit Lachen von verschüttetem Kaffee befleckten Tisch; Lautsprechermusik und Stimmengewirr hüll-

ten ihn ein. Er hielt lesend den Kopf in beide Hände gestützt und saß auch, nachdem er die Zeitung drei-, viermal nacheinander gelesen hatte, genauso da. Eine kleine Zeit – wie lange, wußte er nicht – stahl sich aus seinem Leben fort, er wußte nicht, wohin. Sie war nicht mehr da, als er gleichsam erwachte, war verronnen, ohne daß er's gewußt oder gemerkt. Der große Barackenraum brauste wie eine Turbinenhalle in seinen Ohren. Als er aufstand, schwankte er, und etliche von seinen Nachbarn flüsterten schon etwas davon, daß der da die alkoholfreie Frontzone wohl etwas verschmälert habe; doch als sie gewahrten, wie der Schwankende die Zeitung, die er gelesen, mit tränenüberströmtem Gesicht zusammenfaltete und in die Tasche steckte, schwiegen sie still. Der ganze Tisch war vor Entsetzen verstummt, als Jänttinen mit atemberaubender Langsamkeit seine Sachen zusammenpackte und grußlos nach draußen ins Dunkle verschwand.

Er fuhr diese Nacht und den folgenden Tag, erst mit den ins rückwärtige Gebiet fahrenden Transportkolonnen, vom frühen Morgen an mit der Eisenbahn. Er hatte großes Glück, was die Verbindungen betraf, aber kein Glück freute ihn, denn er hatte, abermals und immer wieder die allmählich zerschlissene, in jeder Falte schon leere Zeitung lesend, sich ausgerechnet, daß er für alles zu spät kommen würde.

Was ihm verblieb, als er schließlich spät in der zweiten Nacht das Städtchen L. erreichte, war nicht viel, doch das Wenige tat er mit schlaflosen, brennenden Augen gleich. Er stand eine Weile in der verdunkelten Straße vor den Resten seines Hauses und hörte die ewig mißtrauischen, zänkischen Vorstadthunde heulen. Dann legte er sein Gepäck hinter eine Schutthalde, dorthin, wo früher einmal die Treppe in den Keller seines Hauses geführt hatte, und ging zum Friedhof. Es war auch hier in der Heimat viel Schnee gefallen, und die Kälte unter frostklarem Himmel ließ seine Schritte knirschen. Die Verdunkelung aber, so streng sie eingehalten wurde, ersparte ihm jedes Wiedersehen.

Draußen vor der Stadt, auf dem Friedhof, ging
er den Weg entlang, den die meisten Schritte
ausgetreten hatten und der von der Pforte her
noch mit gehacktem Tannenreisig ausgestreut
lag, das ihn im Zwielicht zwischen Himmel
und Erde wie einen wasserlosen, stummen
Bach zwischen die verschneiten Hügel zeich-
nete. Kein Windhauch war zu spüren, doch
als er die lange Reihe der frischen, einheitlich
mit kleinen, weißen Kreuzen gekennzeichne-
ten Gräber abschritt, in denen die Opfer des
Angriffs als ruhmlose Soldaten des größeren
Heeres in der Heimat bestattet worden waren, hörte er zwischen seinen Schritten die
vom Frost verbrannten Kränze aus einst lebendigen Blumen und das wachsierte Papier-
werk der künstlichen Sträuße, von denen
selbst jetzt ein matter Widerschein blinkte,
spröde knistern, als sprängen da zu dieser fin-
steren Stunde Kapseln auf, die ihren Samen
verstreuen wollten.

Er zündete seine Taschenlampe an, als er's gar nicht mehr zu tun brauchte, schon wußte: hier!... aber bevor er sich in den Schnee niederfallen ließ, so, wie er manchen Kameraden an der Front von einem Schuß ins Herz getroffen hatte zusammenbrechen sehen, las er

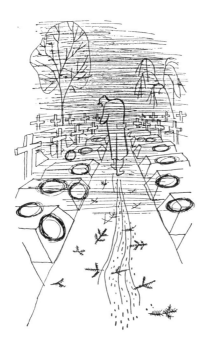

die Namen deutlich im Schein der Lampe und
doch wieder so verschwommen, als stünden
sie hinter einer unaufhörlich niederströmen-
den, in der Gleichförmigkeit wie erstarrten
Breite fallenden Wassers...

Weniger als drei Tage später war Jänttinen
abermals auf dem Weg an die Front. Finster,
schweigsam, auf keine Anrede achtend, saß er
in einem der schier endlosen, verdunkelten
Züge, die allabendlich die Fracht lärmender
Soldaten weiter und weiter nach Osten führ-
ten. Er sprach mit niemandem, niemand sprach
mit ihm, nachdem er jeden Versuch, ihn zum
Reden zu bringen, mit Schweigen abgewehrt
hatte. Der Militärpolizei, der er auf Verlangen
seine Papiere hinstreckte, blickte er so finster
ins Gesicht, daß selbst der athletische Hüne,
der – die Papiere musternd – vor ihm stand
und die dem Urlaubsschein nach eben erst an-
getretenen zwei Wochen Urlaub in keinen

vernünftigen Zusammenhang mit dem Datum dieses Tages zu bringen vermochte, davon abstand, ihn zu fragen, warum er schon unterwegs sei, und ihm den Schein stumm zurückgab.

Als Jänttinen zwei Nächte und einen Tag unterwegs war, kam er in die Gegend, in welcher die Namen ihm jetzt mehr sagten als zuvor, eine Gegend, in der er sich mit einemmal wie zu Hause fühlte. Bisweilen verschwand hier schon das Kreuz mit den drei Namen, das er sonst überall, wo nur Schnee lag, vor sich sah. Und als er einmal in der Etappe einen Friedhof sah – keinen Soldatenfriedhof, sondern einen für die Menschen, die einmal hier gewohnt hatten –, schloß er sogleich die Augen und war froh, daß das Lastauto, mit dem er unterwegs war, schnell fuhr. Im übrigen aber ließ er sich Zeit, oder die Zeit ließ ihn in Frieden; ihn drängte kein naher Tag, an dem er sich zurückmelden mußte. Schweigsam und

allezeit abseits half er die Soldatenheime be-
völkern, deren ihn jeden Tag ein anderes aufnahm. Irgendwann einmal sang und schrie
man laut und hieß ein neues Jahr willkom-
men, aber er sang nicht mit. Bisweilen hatte
er das Gefühl, er wisse nicht mehr, woher er
komme und wohin er wolle. Seine Kompanie
war ihm wegmarschiert. Er konnte sich nicht
vorstellen, wie er sie in den großen Wäldern
jemals wiederfinden sollte. Aber ohne daß er
es merkte oder besonders viel dazu tat, sog ihn
doch jede Stunde, die er marschierend oder
unter der Plane eines Lastwagens verbracht,
tiefer und tiefer in jene Einöden hinein, in denen die weit vorgeschobene Front jetzt ver-
lief, und immer noch hatte er acht Tage Urlaub.

Als in irgendeiner Kantine unterwegs, in der
er sich ein Geschirr voll Erbsensuppe holte,
eine ältere Lotta ihn wiedererkennend anblick-
te und ihn nach seinem Sohn fragte, war es

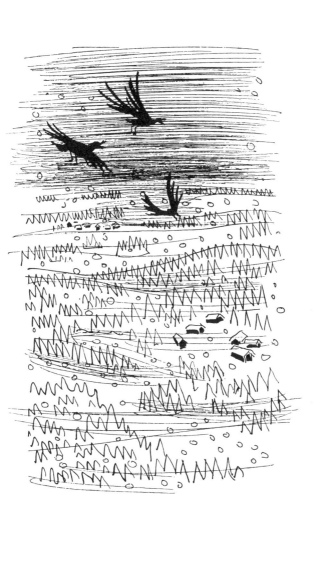

zunächst finsteres Schweigen, zu dem er seine
Zuflucht nahm, wie gegenüber allen Lebendigen, die ihn anredeten. Doch schon der
nächsten Frage: Ob er denn nicht jener Korporal sei, der ihr vor kaum zwei Wochen ein
Kind übergeben habe, das er auf einer Patrouille irgendwo weit hinter der Front gefunden
hatte, wußte er nicht mehr das alte, finstere
Schweigen entgegenzusetzen – jene Wand,
die er während der vergangenen Tage zwischen sich und der Welt aufgerichtet hatte.
Er guckte sie an und nickte stumm.
Ob er bei dem Kleinen gewesen sei?
Er schüttelte stumm den Kopf und wandte
sich schon ab, um zu gehen, als er wieder stehenblieb und beinahe unhörbar zurückfrag-
te, wo das Kind jetzt sei.
Das Kind? Hätten sie es nicht Juhani genannt?
– Juhani, der sei jetzt in einem Heim, das nur
ein paar Kilometer entfernt von hier liege. Er
solle sich nur an die Lagerleitung dort wen-

den und fragen. Als Juhani sei er hingebracht
worden, Juhani und noch etwas, sie erinnere
sich nicht mehr, wie es geheißen habe...
»Kangasjärvi!« flocht er ein.
Ja, das könne wohl sein.
Sie nickte ihm zu, nahm das nächste Geschirr,
das ihr zugereicht wurde, Jänttinen ging. Zögernd, zwischen jedem Löffel lange in das Geschirr blickend, als müsse er die Erbsen zählen, aß er. Dann stand er vor der Baracke,
blickte ins Dunkel, als wolle er die Wege erkennen, lauschte in das ferne Rollen der Front,
an der die Minenwerfer angefangen hatten zu
arbeiten, und drängte sich schließlich, als habe
er es sich doch anders überlegt, durch die Gruppen, die rauchend im Freien umherstanden
und auf irgend etwas warteten, zu den Wagen-
kolonnen, die nach vorn sollten. Er stieg auf
und hockte schweigend auf der Fracht, ob
man ihn auch bisweilen ansprach, und merkte erst, daß sie abgefahren waren, als die Ab-

schüsse und Einschläge eines morgendlichen
Duells zwischen den beiden Fronten die me-
chanische Reaktion eines frontgewohnten Soldaten bei ihm auslösten. In seinem eigentüm-
lichen Schweigen war er, ohne es zu wollen
oder zu wissen, allen, die mit ihm fuhren, unheimlich geworden. Man war froh, als er ab-
sprang, um den Stab zu suchen und seine alte
Kompanie zu finden.

Doch als Jänttinen dem Dämmerdunkel unter
der Zeltplan entstieg, sich seinen Rucksack und
die Schneeschuhe herunterlangte und einen
Augenblick wie zwischen Schlaf und Wachen
regungslos dastand, bis das schwankende, dunkle Gehäuse des Lastwagens weitergerollt war,
strich er sich im nächsten Augenblick übers
Gesicht, als müsse er ein Gespinst entfernen.
Er blickte sich um. In dem grauenden Mor-
genlicht, das sich wie ein nüchternes Frösteln
zwischen Himmel und Erde stahl, stand er vor
dem Haus, in dem sie Juhani gefunden hatten!

Erst meinte Jänttinen zu träumen. Er ging die
Straße mit ihren zinngrau blinkenden Fahr-
spuren weiter, kehrte mit einemmal um und
ging zurück, über die Stelle hinaus, bei der
er abgestiegen war. Dann betrachtete er das
Haus, an dessen kleinem Balkenvorbau ein
bleiches Fähnchen mit dem roten Kreuz hing.
Und dann setzte er sich auf seinen Rucksack,
das Gewehr vor der Brust. Er saß, saß da,
nichts weiter. Er atmete tief. Die bei aller
Kälte feuchte Luft erfrischte ihn. Mitunter betrachtete er das Haus, ließ den Blick weiter-
schweifen zum nächsten – viele, merkte er,
fehlten. Dann stand er auf und stapfte dem
Dorfausgang zu. Erst die Scheune, wenn es sie
gab, konnte ihn überzeugen – die Scheune,
hinter der sie damals gesessen und in der sie
geschlafen hatten. Und die Scheune stand genau dort, wo sie stehen mußte. Überdies hätte
es auch dieser Scheune gar nicht bedurft, er
hatte ja im Grunde genommen doch schon

vorher das Dorf wiedererkannt. Von ferne, auf
der Straße stehend, betrachtete er die Scheune.
Dann kehrte er um und ging zum Stab.

Gegen Mittag meldete er sich zum allgemei-
nen Erstaunen bei seiner Kompanie zurück,
die – aus der ersten Linie zurückgezogen – in
Ruhestellung lag. Er empfing ein paar verle-
gene Händedrücke und ein scheues Gemurmel des Beileids, das er nicht zu hören schien;
dagegen stand er sichtlich verwirrt da bei der
Eröffnung, man habe mit seiner vorzeitigen
Rückkehr gar nicht gerechnet, und es sei frag-
lich, ob seines Bleibens bei der Kompanie
lange sei, irgendeine Versetzung zu einem
Wachkommando weiter hinten sei in der
Schwebe, der Bescheid jedoch noch nicht
endgültig gekommen, einstweilen könne er
natürlich bleiben.

Dieses nun schien ihm, kaum daß er freiwillig
vor der Zeit zurückgekommen war, schwer-
zufallen. Er hockte den Nachmittag über in

den verschiedensten Zelten – immer stumm,
eine merkwürdig lähmende Stille um sich
verbreitend, als sei sein Unglück so groß, daß
er unter Menschen keine Heimstatt mehr haben könnte. Niemals fragte er nach alten Kameraden, ob sie noch bei der Truppe seien
oder schon tot und verwundet [denn die Kompanie hatte beträchtliche Verluste gehabt] –,
er schien, obschon zurückgekehrt, nicht richtig anwesend zu sein und dämpfte mit irgend
etwas, was stumm in ihm vorging, auch die
Gesprächigkeit der andern. So nahm es niemand wunder, daß er am Abend nicht mehr
da war. Ja, im Grunde genommen war man
froh, daß sein finsteres Gesicht mit den tief
eingesunkenen, schlaflosen Augen nicht mehr
als Schreckgespenst künftigen Unheils in die
flüchtige Sorglosigkeit dieser Ruhetage starrte. Es hieß von Mann zu Mann, beiläufig er-
wähnt und schnell abgetan, Jänttinen habe sich
um die Zeit, da mit einbrechender Nacht die

Transporte der Verwundeten und der »stillen Jungen« in die Etappe abgingen, unvermutet beim Kompaniefähnrich gemeldet und gefragt, ob er noch einmal nach hinten dürfe, er habe da etwas vergessen, und natürlich sei ihm das, da er ja noch sieben Tage Urlaub zugut hatte, bewilligt worden. Nur sei ihm aufgetragen worden, sich vor der Rückkehr zur Kompanie zu erkundigen, ob er nicht inzwischen zu einer andern Einheit kommandiert worden sei.

Mit den Verwundeten und den »stillen Jungen«, den Toten, fuhr Jänttinen also am gleichen Tage zurück. Die »stillen Jungen« enthoben ihn der Mühe, reden zu müssen. Er sprach erst wieder, als er am Vormittag des folgenden Tages bei dem Heim für elternlose Kinder Einlaß begehrte. In voller Feldausrüstung stand er eine Weile vor der Tür und unterhielt sich mit den Frauen auf der Schwelle, ob er hier am rechten Ort sei. Er wolle Juhani aus

Kangasjärvi sehen. Vielleicht heiße das Kind – es sei ungefähr anderthalb Jahre alt oder so – auch schon in den Papieren so. Das sei sein Kind, sein Sohn…

Er mußte von den Schneeschuhen steigen, denn man bat ihn herein. Wortkarg antwortete er dort auf viele Fragen. Irgendwie aber schien man von allem zu wissen und verglich, was er zur Rechtfertigung seines Ansinnens anführte, mit allem dem, was in einem Buch vermerkt stand. Und mit einemmal – er hatte das noch gar nicht erwartet, er war noch völlig unvorbereitet –, mit einemmal machte die Frauensperson, mit der er geredet hatte, eine Bewegung… Bitte, er solle mit ihr kommen! Jänttinen starrte sie fassungslos an. Dann stolperte er ihr mit tauben Füßen nach. Sie führte ihn durch den Gang in ein sehr geräumiges, beinahe saalartiges Zimmer, in dem in der einen Ecke Kinderbetten so eng nebeneinandergerückt standen, daß kaum noch Platz zwi-

schen ihnen blieb, während in dem freien
Raum beim Fenster kleine Kinder umher-
schwankten und spielten. Alle hatten Kittel
von der gleichen Farbe, sie sahen wie kleine
Uniformierte aus.

Neben der Tür blieb die Frau mit ihm stehen.
Jänttinen blickte wie gebannt zu den Betten
hinüber.

Nun, ob er ihn wiedererkenne, wurde er gefragt.

Jänttinen wandte sich ihr widerwillig zu. Er
könne von hier aus nicht in die Betten hinein-
sehen, sagte er.

Aber da sei doch der Juhani gar nicht! Ein
Bürschchen von anderthalb Jahren liege nicht
mehr im Bett. Da sehe man, daß er selbst keine Kinder habe.

Jänttinen antwortete nicht. Er ging weiter ins
Zimmer hinein, auf die spielenden Kinder zu,
die bei seinem Nahen innehielten und auf-
blickten

Die Pflegerin sah, wie er mit schlaff herab-
hängenden Armen auf die Schar zuging, stehenblieb und irgend etwas sagte, was sie nicht
verstand. Dann aber gewahrte sie, wie Juhani,
der kleine Findling aus Kangasjärvi, mit einemmal zu dem fremden Soldaten aufblickte und
wie ein kaum merklicher Widerschein des Er-
kennens über das kleine Gesicht ging. Im selben
Augenblick hockte der Soldat nieder und blieb
auf den Knien. Er streckte die Hände nach
dem Kinde aus, das langsam auf ihn zukam
und sich von ihm in die Arme schließen ließ.
Jänttinens Hände legten sich um den mageren
Rücken und streichelten ihn. »Juhani, Jussi!«
murmelte er, und das Kind plapperte ihm etwas ins Ohr, was wohl nur er zu deuten verstand – vielleicht über das Begreifen hinaus das
wehmütige und zugleich freudige Wissen, daß
seit der einen Heiligen Nacht der Geburt keiner von uns Menschen mehr nur für sich leben kann, aber daß wir auch alle nicht mehr

für uns allein sterben können; daß wir füreinander verloren werden und füreinander gefunden, bis wir vereinigt werden in der Einen
Hand.

Die Deutsche Bibliothek – CIP Einheitsaufnahme

Schaper, Edzard:
Das Christkind aus den großen Wäldern
Edzard Schaper. Mit Zeichn. von Richard Seewald.
24. Aufl. – Düsseldorf / Zürich: Artemis und Winkler, 1999
ISBN 3-7608-0954-5

24. Auflage 1999
Artemis & Winkler Verlag
© 1999 Artemis & Winkler Verlag, Düsseldorf / Zürich
Alle Rechte, einschließlich derjenigen
des auszugsweisen Abdrucks sowie der fotomechanischen und
elektronischen Wiedergabe, vorbehalten
Druck und Bindung: Clausen & Bosse, Leck
Printed in Germany